IRMA HIRSCH

FÜR EINE STUNDE ZUM TRÄUMEN

Für eine Stunde zum Träumen

Blau-gelbe Stimmungsbilder

von Irma Hirsch

Irma Hirsch

VERLAG FERDINAND BERGER
HORN/WIEN

Eigentümer, Herausgeber u. Verleger: Ferdinand Berger & Söhne Gesellschaft m.b.H., 3580 Horn, Wiener Straße 21–23

ISBN 3-85028-149-3

RUND UM DEN KAMPSTEIN

Winterabend

Über den Feldern
spannen sich die Leintücher
des Winters.
Eingerahmt von dunklen Flecken
der Fichtenwäldchen.
Hier ist Licht
an einem Fenster,
dort ein einsames Auto
auf der wenig befahrenen Straße.
Und überall Ruhe
und Stille.
Ab und zu
das heimliche Brüllen
einer Kuh,
als wüßte sie,
daß sie diese Ruhe
des Winterabends
nicht stören dürfe.
Und der Mensch weiß
um diese Gnade,
die er hier erfahren darf.
Auch er ist
stiller, frommer, dankbarer
für das Werden und
Vergehen ringsum.

Vor meinem Fenster

Vor meinem Fenster
ist eine Welt
von Blumen, Wiesen und Feldern;
der Horizont über dem Berg
gleich vis a vis
umspannt alles
wie eine warme Hand
darunter sich's
gut leben, gut atmen läßt.
Auch hier
ist nicht alles
perfekt und ohne Fehler,
aber alle Fehler
sind menschlicher,
entschuldbarer,
weil
der Wald,
die Wiese,
die Felder,
die Vögel
mit ihren Silberstimmen
alles verzeihlicher
und erträglicher
werden läßt.

Eisblumen

Am Fenster blühen in zartester Pracht
im bläulichen Licht,
der milchigen Sonne,
die Blumen des Winters
fein silbrig gemacht.

Ein kristallener Traum
aus anderer Welt,
von Geheimnis und Zauber erfüllt,
der Magier Frost zieht dies kalte Geschenk
als Schleier vor jeden Raum.

Und ich lehn' mich hin
an das kalte Glas,
schließ' fest meine Augen zu,
und rieche den Duft
von schneeweißem Gras,
bin erfüllt von tiefster Ruh'.

März

Noch bedecken Schneefelder das Land,
doch das Brausen des Sturmes
spricht schon die Sprache des Frühlings.
Noch ist der Bach vereist,
doch unter der berstenden Oberfläche
murmelt der Quell ein fröhliches Lied.
Noch ruht das Land,
doch der Vögel Liebeswerben
tönt jauchzend über die Fluren.
Noch zauderst du, zu glauben
was du siehst:
unter dem Schnee, dort wo es taut,
eine fürwitzige Primel,
die es sich erlaubt
goldgelb zu leuchten;
wie eine Zipfelmütze, grüßt dich
das Blatt einer Tulpe;
an den Sträucher und Bäumen
schaust du täglich nach
wie die Knospen an den Zweigen
dickbäuchiger werden.
Und die Sonne mit ihrem Strahl
zwingt dich, die Brille,
die schützende, hervorzuholen.
Jetzt endlich, glaubst du
was du siehst:

das Jahr erneuert sich,
streif auch du den Winter
deines Körpers, deiner Seele ab.
Die Kraft eines neuen Frühlings
wirbt um dich!

Vollmond im März

Märzenschnee, tut den Bäumen weh,
flüstert leise der Mond und er wacht;
die Elfen tanzen ihren Reigen
in den blauen Schatten der Nacht.
Und Venus sendet ihre Grüße
betörend in den Nachthimmel weit,
die Schneemänner ziehen sich leise
zurück in die Einsamkeit.
Und während mein Auge mit Sehnen
den Mond sucht an diesem Ort,
betritt auf tänzelnden Füßen
der Frühling, das Land ohne Wort.

Der Amsel Gesang

Vom spitzen Kirchturm der Natur
ertönt der Amsel Gesang,
kein Notenblatt weist den Text ihr an,
sie ist doch nur Kreatur.
Kreatur uns'rer Welt,
wie ich und du,
aber reicher und unbeschwert
singt sie, kaum daß der Tag sich erhellt
ihr „gigi, tack, tack und du, du".
Ich wünscht', ich könnt' leben der Amsel gleich,
nicht fragen woher, wohin,
jubilieren in Gottes ew'gen Reich,
doch leider ein Mensch ich bin.

Das is' heut a Tag . . .

Das is' heut a Tag
wo dir's Herz übergeht,
am Himmel ka Wolkerl,
ka Lüfterl des weht.
Die Hummel, die holt sich
an Nektar noch gschwind,
die Katz, liegt in der Wies'n
und säugt ihr klans Kind.
Der Bauer is' froh,
schneidet's goldene Korn,
und i sitz nur do
und schau' so nach vorn:
wo der Herrgott hat g'macht
dös Land und de Leut',
uns allen und eahm
zur ewigen Freud'.
Nur wissen des wenig'
und findens dann net,
des Platzerl zum Freuen,
sie schaun liaber weg.
Und kommen dann sicher
zu an düsteren Fleck,
wo Mißgunst und Streit
gedeih'n in jedem Eck';
Und sind dann verwundert
warum an dem Ort,

die Wolken net weggehn
und wischen's net fort.
So nimm doch a Tüachl
und reib nur recht fest
und nach aner Weil'
da stellst du dann fest:
Dös is' heut' a Tag,
wo dirs Herz übergeht,
wo die Sonne warm scheint
und der Wind so lau weht.
Mach auf nur dein Herz
schau ringsum dich rum,
das Leben ist schön,
hat für an jeden a Trumm!

Abendsonne in St. Corona

Roter Ball über der Welt,
wer hat dich aufgehängt?
Du flammst so wie es dir gefällt,
doch bald bist verdrängt.

Roter Ball über dem Baume,
du siehst so drohend aus,
ganz leise wie im Traume,
löschen die Lichter aus.

Roter Ball mit deinem Scheine,
bist du nun verglüht,
versunken in das Allgemeine,
bis wieder ein Morgen erblüht.

Spätsommer am Kampstein

Ich lieb' dich so,
du gutes Land;
Äcker und Wiesen
am Waldesrand.
Ein Kranz von Bergen
dich umgibt,
ein Stück Land,
das man eben liebt.
Der Himmel,
er spannt sein Linnen weit,
im Dunst des Tages
zur Ewigkeit.
Eine einsame Fichte
reckt sich ganz kühn
zum Firmament
in ihrem Grün.
Ringsum die Matten
moosig fein
laden ein
hier Gast zu sein.
Und ich
streck' meine Glieder aus,
als wär' ich immer
hier zu Haus'

im Bett der Almen
samtig weich
und fühle mich
millionenreich.

Herbst in Unternberg

Die Birken am Rand'
honiggelb, weiß bereift,
wiegen leis' sich im Wind
im herbstlichen Kleid.
Hoch oben der Himmel
in der Bläue verstummt,
ganz zart und sehr zaghaft
ein Käfer noch summt.
Ein Blatt, das sich löst
zur Erde nun strebt;
und all dies ganz sacht
verdämmernd vergeht.

GARTENPLAUDEREIEN!

Ich steh' in meinem Garten . . .

Ich steh' in meinem Garten
und freue mich.
Rechts blühen Malven
ganz königlich,
links beglücken Margariten
mein Herz, meinen Sinn,
ganz unten, ich muß mich bücken,
ist im Stein eine Hauswurz drinn'.
Und vorne, da leuchtet's
vergißmeinnichtblau,
auch Ringelblumen strahlen überall
wohin ich nur schau'.
Am Rande die Birken,
so hell und so leicht,
die Ebereschen mit Früchten,
die nur ein Vogel erreicht.
Der Apfel-, der Birnbaum
ist schwer, voller Frucht,
dann seh' ich die Rosen,
es umweht mich ihr Duft.
Sie sind für mich immer
wie ein Symbol:
die Schönheit, die Dornen
uns beides zum Wohl.
Das Leben, es ist doch
nur dann voller Glück,

wenn schwer du's erringst,
nur immer ein Stück.
Drum nimm auch die Dornen
und danke dafür,
dann öffnet auch sicher das Glück
dir die Tür'.

Meine Wiese

Mein Rasen ist,
gestatten sie,
so gar nicht
englisch fein –
es blüht darauf
ganz liebelich
manch' schönes Unkräutlein.
Da tummelt sich gar Löwenzahn,
und Gänseblümchen zart
im Kreis mit blauem Ehrenpreis,
auch Moos schlich sich hinein.
Ein blaues Glöckchen
läutet zart,
so daß es keiner hört;
so sag' doch einer,
daß dies stört,
das wär' doch unerhört!

Der Krokus

Da ist doch noch Eis
und dort auch noch Schnee,
ich reib' mir die Augen
damit besser ich's seh';
da leuchtet doch tatsächlich
in violett und in weiß
zusammengedrängt
im fröhlichen Kreis
„der Krokus"
völlig unverzagt,
im Schutz seiner Blättchen,
zu denen er sagt:
wenn ihr schon treibt
so spitzig heraus,
dann jagt doch endlich
den Winter hinaus!

Das Gänseblümchen

Kaum ist der letzte Schnee versunken,
kuckt auf kurzem Stand
ein weiß rosa Köpfchen
sehr neugierig ins Land.
Bescheiden, genügsam
und ganz ohne Klage,
verziert es die Wiesen
an zahlreichen Tagen.
Das Blümchen ist traurig,
findet's gar nicht charmant,
daß man es ohne Liebe
nach der Gans hat benannt.

Die Silberdistel

Auf magerem Boden
wächst du strahlend heraus;
ein silbriger Kelch
umgibt dich wie ein Haus.
Der Sonne, deiner Gebieterin,
du dich willig erschließt,
aber kommen die Wolken,
du rasch dich verschließt.
So bis du ein Barometer,
dem Wand'rer bekannt,
und er hat dich „Wetterdistel",
ganz lieblos benannt.

Die Brennessel

Zwickt dich das Rheuma oder die Gicht,
such' an ungepflegtem Ort,
nach der Pflanze, die brennt und sticht
und trag' sie mit dir fort.
Aus dem Schoß der Mutter Erde
hat sie viel Kraft geholt,
alles ist von hohem Werte
und doch ist sie ungewollt.
Trag' sie heim an deinen Tisch,
für dich und die deinen zum Wohl.
Sie reinigt das Blut und macht dich frisch,
nur die Natur ist so segensvoll!

Die Fuchsie

Einer Ballerina ohnegleichen,
tänzelst du zärtlich im Wind,
deine Grazie kann niemand erreichen,
elfenhaft deine Schrittlein sind.
Wer gab dir das Röcklein, das zarte,
die Beinchen darunter so hold?
Du sagst, verweile und warte
bevor mich der Winter geholt.

Der Vogelbeerbaum

Im Garten steht ein Vogelbeerbaum,
der hat den Tisch reich gedeckt,
für eine bunte Vogelschar
er sich stolz zum Himmel reckt.
In seinem gefiedert, grünen Laub,
da leuchtet's korallenrot,
und die Vögel wissen in der Winterszeit,
hier haben wir keine Not.
Drum schwirren sie heiter von Ast zu Ast
und trällern ein fröhliches Lied,
zum Dank dem alten Vogelbeerbaum,
der sich leise im Winde wiegt.

Sonnenblumen

Sonnenblumen mit braunem Aug'
lugen über den Zaun,
sie recken ihr Köpfchen und strecken sich
hinauf zum Himmelsraum.
Der Zaun ist nur aus schlichtem Holz,
doch beide stört das nicht;
und jeder der vorüber geht
macht ein fröhliches Gesicht.
Es muß nicht immer Großes sein,
das unser Herz aufmacht,
oft ist's ein Blümchen ein Sonnenstrahl nur
und uns're Seele lacht.
Die Augen zum Sehen haben wir,
ein Herz zum Fühlen auch,
was willst du mehr, oh glaub es mir,
das „Mehr" verfliegt wie Rauch.

Die Hauswurz

Zwischen Steinen und Spalten
da bin ich zu Haus',
mein Leben ist zäh'
ohn' Pfleg' komm' ich aus.
Von Juni bis September
wachsen Stengel empor,
daran kleine Rosettchen
lugen neugierig hervor.
Auf Dächern der Bauern,
findet man mich auch,
denn ich wehre den Blitz
sagt ein alter Brauch.
Der Saft aus meinen Blättern
wird hochgelehrt,
gepreßt gegen viele Leiden
und noch immer verehrt.
So leb' ich ein Leben
seit hunderten Jahr',
Apotheker und Blitzschutz,
gibt's was Bess'res fürwahr?

Der Apfelbaum

Die roten Äpfel hängen
an dir du treuer Baum,
die Blätter an deinen Ästen,
zeigen in den herbstlichen Raum.
In die Bläue des Himmels,
wohin du auch blickst,
doch schreien schon die Krähen
und du erschrickst.
Erschrickst vor dem Winter,
vor der langen Nacht,
das Jahr neigt sich zu Ende,
bald ist es vollbracht.

Mein Garten

I – bin so zufrieden,
bin so voller Glück,
da hab' i' a Häuserl
von der Erden a Stück.
Drauf blüht's und drauf wachst's
Und mei Herz is so froh,
die Plag' und die Arbeit,
die nimmst dann halt so.
Du bückst dich und beugst dich
oft kniest dich auch hin:
do is' noch a Unkraut
a Standerle drinn';
die Rosen mußt schneiden,
oft san's voller Läus'
und unter dem Rasen
da wühlen die Mäus'.
Ja, die Wiesen, die grüne
mußt immerzu mäh'n,
dann rechen und düngen
bei den Löchern nachsäh'n.
Die Bäum', die mußt schneiden
und spritzen dazua,
damit'st recht viel Obst hast
und in der Nacht dann ka' Ruah.
Denn was tuast mit dem Segen,
er raubt dir den Schlaf;

und für die Wiesen –
hätt'st a liaber a Schaf!
Aber wann'st dann so schaust
auf dein' Land'l umher,
von'd Erdäpfel, dem Kraut
bis zum Blütenmeer,
dann bist so zufrieden,
bist so voller Glück,
daß'd hast a klan's Häuserl
von der Erden a Stück.
Draufblüht's und drauf wachst's
und mei Herz is so froh
die Plag' und die Arbeit,
die nimmst dann halt so.

IN PETERSDORF!

Beim Heurigen in Petersdorf

Wenn ich hier so sitz'
und blicke mich um,
wie alle vergnügt sind
um die Tisch' herum;
die Alten, die Jungen,
ein Unterschied?
Dann gewiß nur rein äußerlich,
den man hier übersieht.
Sie ratschen, und ratschen
und prosten sich zu,
lassen leben den Onkel,
die Frau Tant' auch dazu.
Und schlagen die Bäuch' voll
und spülen ganz keck,
mit an Schluckerl Veltliner
auch die Sorgen weg.
Da sitzt auch ein Paarl,
ganz jung, sehr verliebt,
für die ist der Heurige,
was nirgends sonst gibt.
Da is' Essen und Trinken
das Wichtigste nicht,
das Halsen und Busserln
kriegt ein ganz besonderes G'wicht.
Und dort sitzen die Alten,
vom Leben enttäuscht,

sie suchen und finden
im Wein ihre Freud.
Einen Tröster und Helfer
für die Stunden allein,
da denk' ich:
kann das wirklich was Böses sein?

WALDVIERTLER IMPRESSIONEN

Ein Abend in Großpertholz

Der Brunnen
er plätschert sein stetes Lied,
der Tag
sagt leise „lebwohl";
der Abend
naht mit sanfterem Blau,
schickt alle Gedanken
zur Ruh'.
Der Bauer
sitzt still
und blickt
auf sein Land,
das Antlitz
gefurcht von der Zeit,
die Feuerwehr
probt zur Ehre des Herrn
Melodien,
die wir alle gelernt.
und ringsum
färbt langsam
der Wald
sich tiefschwarz,
der Kuckuck,
die Lerche
verstummt;
nur ein Traktor

in der Dämmerung,
beim Ziehen
der Furchen
leis' summt.
Es hebt sich der Mond,
ganz leis und ganz still
vom Nachthimmel
dunkelblau,
Alle Geschäftigkeit ruht,
das Dorf, es schläft,
der Mensch weiß:
hier bin ich zu Haus'.

Frühlingswiese im Moor

Die Luft ist lau und lind,
das Wollgras wiegt sich im Wind,
das Knabenkraut, auch Kuckuck genannt,
rotleuchtend, wie aus einem anderen Land.
Ganz zart erblüht das Wiesenschaumkraut,
neben dem Ehrenpreis, der überall blaut.
Der Knöterich wie eine Schlange geschuppt,
grüßt die Lichtnelke, die sich klebrig entpuppt.
Auch Arnika verirrt sich hierher,
sonst fehlte das Orange im Blütenmeer.
Doch auch der Wegerich mit seinen spitzen
Ähren,
kann sich neben dem blauen Günsel bewähren.
Und über alldem, über jeder Blüte
spürst du die Ewigkeit und glaubst wieder an
Güte.

Maiglöckchen

Unter lichten Zweigen
tanzen im Reigen,
die Glöckchen im Mai.
Ihre Kleidchen vermeiden
wie schimmernde Seiden
das dunkle Gestrüpp.
Im grünen Mantel verborgen,
öffnen sie sich am Morgen
mit betäubendem Duft.
Aus den Glöckchen werden Beeren
und die Vögel vermehren
die liebliche Schar.

VERHACKERTES

Mensch sein!

Die Wahrheit ertragen
und dabei nicht klagen,
die Schmeichler nicht leiden,
sich ehrlich bekleiden;
und immer so scheinen,
wie wir es meinen.
Dies Kunststück im Leben
auch weitergeben!

Der Mensch

Der Mensch
ist gar nicht so gut wie er tut,
er handelt und lügt gar gefällig,
die Bosheit
zu pflegen,
fehlt's ihm nicht an Mut,
er wird dabei gar gesellig.
Ein Stichlein da,
ein Stichlein dort,
ist Labsal
tief innen drinn',
Auf der Zunge
trägt er gar fromme Wort',
beim Handeln
verdreht er den Sinn.
Was soll's,
der Mensch
hat eben Mängel,
und das sagt alles aus,
was wär die Welt
mit lauter Engel,
das hielte
doch keiner aus!

Mach keine Scherben

Mit dem Service deines Lebens
geh' behutsam um,
oft zerbricht ein kostbares Stück,
auch wenn du es kittest,
so bleibt es doch nur
beschädigt bei dir zurück.
Ist's am Anfang
eine Schüssel, ein Tellerchen nur,
deren Verlust dich nicht
sonderlich grämt;
so entschwindet doch langsam
oft unmerklich nur,
das Glück – als ob es sich schämt.
Und dann siehst du den Stoß,
von Scherben vor dir,
doch leider meist viel zu spät,
klagst alle Welt an,
nur dich selber nicht,
obwohl du dies alles gesät.

Sei zufrieden!

Sei zufrieden mit dem,
was du hast, was du bist,
willst immer noch mehr,
wird's meistens a Mist.
Schau's an dieses Leben,
des wunderbar, schiach,
es is wie a Blüml,
des allzuviel riacht.
Willst z'viel von dem Duft
und er steht dir net zua,
wird's Leben für dich
ohne Rast, ohne Ruah.
Es beutelt dich hin
und es beutelt dich her,
als ob du dem Herrgott
sein Windblattl wärst.
Drum sei schön bescheiden
und reg' dich net auf,
es is amal so,
es geht net immer bergauf.
Was wär' denn des a,
allweil oben zu stehn,
man könnt' voller Höh'n,
das Schöne nimmer seh'n.
Denn des is' meist unten,
ganz klein und versteckt,

gar mancher hat sich
umsonst darum g'reckt.
Hat's trotzdem net g'funden,
des Kreuz war ihm z'steif,
oder war er einfach
für's Schöne net reif?

Bumerang

Leb' du nur in Frieden
und laß' mich in Ruh',
das ist's was hernieden
ich wünschen mir tu',
denn wirfst du mit Schmutz
auf die anderen ein,
könnt'st selbt dich beschmutzen
und der andere bleibt rein!

Ins Gästebuch

Ich danke euch für jede Stund',
die ich verbracht in eurer Rund',
ihr gabt mir Trank,
ihr gab mir Speis,
auch für die Seele manche Weis',
Und dafür dank' ich doppelt froh,
und bitte euch, bleibt immer so!

Einem Freund zum Geburtstag (Taschentücher mit Monogramm)

Ans für die Freud'
und ans für die Wut,
da tuat so a Schnupftüachl
oftmals recht gut.
Du hast heut Geburtstag,
viel Glück für dein Leben;
und jetzt mach „Hatschi!"
aber bittschön net daneben.

MEINE SEELE GEHT AUF REISEN

Ein Jahr – ein Mensch?

Januar Das Jahr beginnt ganz leis'
auch ich geh' auf die Reis',
aus Mutters Schoß heraus.

Februar Ganz langsam wächst der Tag,
Gott gibt mir seine Gnad',
mir winz'gen Erdenwurm.

März Es leuchten Wald und Flur,
noch hält die Nabelschnur,
und gibt Geborgenheit.

April Es blüht der Apfelbaum
im ew'gen blauen Raum,
das Blut es ruft in mir.

Mai Die Luft erfüllt von Duft,
ringsum es zärtlich ruft, –
beseligt geb' ich nach.

Juni Es paart sich alle Welt,
ganz gleich wem es gefällt;
weißt du, wie ich dich lieb'?

Juli Der Tag ist heiß und lang,
ganz heimlich wird mir bang,
ob alles richtig ist?

August Die Sterne sind sehr hoch,
gibt es die Liebe noch?
Es ist so viel dahin.

September Der Tag wird etwas kühler
und alles um mich stiller,
ich spür' den Tau der Nacht.
Oktober Die Nebelschwaden steigen,
und tanzen ihren Reigen,
im frühen Morgenlicht.
November Der Tag, er ist sehr grau,
kein Licht wohin ich schau,
ich schreit' sehr schnell bergab.
Dezember Der Schnee, er fällt herab,
bedeckt ein kleines Grab,
wo ich nun Ruhe find'.

Es will Abend werden
(für Ottilie K.)

Der Tag neigt sich,
bedächtig
Schritt um Schritt.
Noch kurz ein Licht
ganz zärtlich
begleitet deinen Tritt.
Der Wald versinkt
in Schweigen,
das Vogellied
verstummt,
auch du beugst dich
ohn' Klagen,
dem ew'gen alten Kreis.

Zuneigung ist's

Zuneigung ist's,
wenn ein Tropfen Tau
auf eine zarte Blume fällt;
Zuneigung ist's,
wenn ein Sonnenstrahl,
den frühen Tag erhellt;
Zuneigung ist's,
wenn auf einsamen Weg,
ein Herz das deine quert,
und du den Tau
und den Sonnenstrahl
und auch das Herz begehrst.
Dann umarme alles,
was der Tag so bringt
ganz fest, eh' es dunkel wird
und wenn der Vogel
die letzte Strophe singt,
hat dir das Glück gehört.

Wenn ich alles sähe ....
(für H. L.)

Wenn ich alles sähe
und hörte nicht
der Vögel Gesang.
Wenn ich alles sähe
und könnte nicht riechen
der Blumen Duft.
Wenn ich alles sähe
und fühlte nicht
die Liebe
der Menschen um mich.
Was nützten mir meine Augen,
hätte ich kein Gehör,
keinen Geruch,
kein Gefühl
für alles Schöne
auf dieser Welt!

Ein Wunder ist's

Ein Wunder ist's,
den Tag zu erleben,
täglich,
ganz frisch und ganz neu;
dazwischen
sich im Dunkel bewegen,
als ob es
das Ende schon sei.
Doch bevor du versinkst,
in der Unendlichkeit,
erstrahlt
das Himmelszelt,
es hebt dich auf,
gebärt dich neu,
in die alte
und doch neue Welt.

Eine Geburtstagsrose

Eine Rose so rot,
eine Rose so zart,
sagt Glück und Segen
ohne jede Hoffart.

Eine Rose so rot
und bald schon verblüht,
sagt rüste dich,
es wird langsam kühl.

Eine Rose so rot
und nun schon verwelkt,
sagt lebe wohl,
der Tag ist bestellt.

Dankbarkeit

Dankbarkeit, wofür?
fragst du,
du töricht', armer Mensch.
Dafür, daß du die Sonne siehst,
dafür, daß du die Blumen riechst,
dafür, daß du die Melodie
in deinen Ohren hörst.
Dafür, daß du die Luft
in deine Lungen saugst.
Dafür, daß du den Vogel
im Flug und Ton erlauscht.
Ist's trotzdem nicht genug,
wofür du danken darfst?
Dann Mensch,
erbarm sich deiner
„ER", der die Welten lenkt,
den du so wenig achtest,
der trotzdem dich beschenkt.

Der Tag hat sich geneigt

Die Falten, in deinem lieben Gesicht
erzählen so viel,
verleugne sie nicht.
Und auch dein Haar,
dich silbern umweht
wie die Sonne,
wenn langsam sie vergeht.
Du denkst an die Zeiten,
die fast nicht mehr wahr.
Trockne ab, deine Tränen
es war doch wunderbar.
Du hattest dein Leben
mit Sorgen und Leid,
dazwischen auch Zeiten
mit Frohsinn und Freud'.
Falte dankbar die Hände
und geh' deinen Weg
mit Demut zu Ende,
du hast ihn gelebt.

Geh' aus und suche Freude dir!

Oft ist ein Tag sehr trüb und grau,
doch er wird auch vergeh'n,
das kleinste Fünkchen Sonnenlicht
wirst du dann doppelt seh'n.
Ist dir dein Herz besonders schwer
und fühlst du dich allein,
geh, aus und suche Freude dir
und trag sie in dein Heim.
Der Himmel, ein Baum, ein Käfer klein,
sind Geschenke dieser Welt,
sie vertreiben dir die Einsamkeit,
so du:
in deine Augen sie stellst!

Der Mann im Mond

Der Mann im Mond grüßt immer auf's Neu',
grüßt mich und die ganze Welt,
die Guten, die Bösen, ob schwach oder stark,
mit mildem Licht er erhellt.

Er leuchtet auf Glück, er leuchtet auf Leid,
sieht hin durch Wände und Tür',
sein Licht läßt manches sanfter sein,
auch Verzweiflung wird milder schier.

Oh' Mann im Mond, zeig auch mir den Weg,
vertreib die Ängste der Nacht,
überreiche mir den Morgenstern
und mit ihm Hoffnung und Kraft.

Liebe

Ich lieb' dich wie das Sonnenlicht,
das im Osten früh aufgeht;
ich lieb dich wie den Sommertag,
der heiß mein Herz bewegt.
Ich lieb' dich wie den lauen Herbst,
da ich ermüden darf,
ich lieb'dich wie die Winternacht,
die mir bringt tiefen Schlaf.
Und dem, der mir die Liebe gab,
dem sag' ich ew'gen Dank
dafür, daß ich noch lieben kann
wo doch die Welt schon krank.

Sonnenwende

Der Mond geht über den Birken auf,
sein Schein erfüllt mein Sein,
ich sitze mit dir und freue mich
bei einem Gläschen Wein.
Da flackert das Feuer im Gartenkamin,
die Grille zirpt zart ihr Lied,
ein Frosch ergänzt der Nacht Konzert,
der Mond langsam verlischt.
Und ich blicke weit zum Himmelszelt
und zähle der Sterne Licht,
und träume mir Geschichten aus,
bis das Tageslicht anbricht.
Der Wald er raunt ein leises Lied,
die Sonne kommt zaghaft hervor,
sie steigt langsam den Berg hinauf,
das Tal öffnet weit das Tor.
Die Träume des Dunkels sind spinnwebengleich
verflogen mit der langen Nacht,
ich erlebe wieder einen neuen Tag,
danke dem, der dies erschafft.

Herbst

Im Alter noch Freuden suchst du dir?
Spöttisch belächelt von vielen!
Warum soll das Leben
nicht dir und mir,
noch Stunden des Glückes geben?
Der Herbst ist bunt
und leuchtet weit,
doch ist sein Tag
schon kurz;
ihm folgen nur Kälte
und Dunkelheit
und es gibt kein zurück!
Drum danke für jeden frohen Tag,
den der Herbst des Lebens
dir schenkt,
umarme den letzten Sonnenstrahl,
bevor die Nacht sich senkt.

Resignation

Der Himmel ist grau,
der Wind nicht mehr lau –
es herbstelt.
Der Baum ist schon bunt
und macht es uns kund –
es herbstelt.
Der Nebel er fällt,
das Glück er verstellt –
er herbstelt.
Die Schwalben sind fort,
an einem sonnigen Ort,
nur du mußt hier bleiben.
Du gehst in die Stube,
das Leben macht müde,
dein Herbst ist gekommen.

Optimismus

Gestern Sorgen, heute Sorgen,
bringen dich um!
Leb' doch dem Heute,
blicke dich um!
Was gestern gewesen,
das ist vorbei!
Was morgen wird sein,
ist vielleicht Schein,
Doch „Heute“ ist Leben,
ist wirklich und wahr,
verbanne die Sorgen,
mache sie rar!
Nimm' jede Stunde,
in der du grad lebst,
als etwas Gutes,
als wär's ein Gebet.
Von Gott dir geborgt,
zu nützen die Zeit,
denn die ist so kurz
vor der Ewigkeit!

Besinne dich Mensch!

Ich ging einmal aus,
um das Glück zu finden,
ich dachte es stünde mir zu.
Ich wanderte weit am Erdenball,
das Glück? Ich fand es nie.
Doch was ich fand,
stimmte traurig mich,
viel Bosheit, Hader und Neid.
Das Ebenbild Gottes
auf dieser Welt,
verbreitete überall Leid.
Worauf wartest du Mensch?
Besinne dich,
höre tief in dich hinein,
beginne den Tag,
versuch es neu,
ein guter Mensch zu sein!

Ein Gebet

Ich frag' dich Herr,
sag' muß das sein,
daß ich oft so traurig bin?
Oder hat auch dies,
wie alles auf der Welt
seinen ganz besond'ren Sinn?
Gib' mir ein Zeichen,
wenn ich mutlos bin,
zeig' mir den rechten Weg,
reich mir deine Hand,
auch unverdient,
auf meinem unsicheren Steg!

Nachtfalter

Ein Nachtfalter bin ich,
du sagst ich sei schön,
doch kommt dann der Tag,
kein Mensch will mich seh'n.
Nur schillernd im Dunkel
bin ich etwas wert;
ein Irrlicht der Nacht,
das niemand gehört.
Der Tag, er strahlt hell,
das Dunkel verblüht,
für mich ist mein Leben,
in der Helle verglüht.

Windlichter

Windlichter
sind wie Gedanken der Ahnen,
sie leuchten,
sie flammen,
sie mahnen:
wo bist du gewesen,
wirst morgen du sein?
Ist es die Ewigkeit,
die nimmt dich anheim,
mit dem Licht,
das flackert,
das mahnt,
und das spricht:
es ist nicht das Leben,
das, das Wichtigste ist;
der Himmel,
die Sterne,
der Schöpfung Gewalt,
eine Melodie,
die ganz laut erschallt;
wir preisen und danken
für jeden Tag,
den ER uns gibt
in seiner Gnad'.

WAS GESCHEHEN MUSS
GESCHIEHT,
KEIN MENSCH VERMAG
ES JE ZU ÄNDERN!

euripides

oder: Schöne Tage –
nicht weinen,
weil sie vorüber,
sondern lächeln,
daß sie gewesen!

Danke

Ich, Glück, Du,
Leben, Leid, Ruh,
Glücklichsein, Zufriedenheit,
erlebt in Zeiten der Zweisamkeit.
Viel Dank im Herzen,
für jeden Tag,
sich richten zum Abschied
ohne Klag'.
Die Erinnerung tragen,
wie ein kostbares Gut
und bereit sein darauf,
daß der Schöpfer uns ruft.

Die letzten Rosen

Im Juni blühten die Rosen,
der Wind trug den Duft zu dir;
es war wie ein heimliches Kosen,
der Sommer schmeichelte dir.

Doch verließ er dich bald,
ganz still und ganz leis,
die Sonne schon tiefer schien,
die Schwalben rüsteten zur langen Reis',
du blicktest auf das letzte Blühn.

Die Bäume entflammten in gelb und rot,
der Winf fegte die Blätter bald ab;
nun bedecken sie deine irdische Not
und wärmen dein kühles Grab.

Abschied!

Deine Stirne ist kühl,
deine Wangen sind rot,
deine Hand hält sich fest an mir,
an der Türe pocht ganz leise der Tod
und begehrt Einlaß zu dir.
Ich drück' dich an mich,
und wehr' ihn zurück,
ich kämpfe mit aller Macht,
doch er kommt näher,
unerbitterlich,
und schon ist sein Werk
vollbracht.
Ich löse die Finger,
schließ' die Augen dir,
die so oft zu mir gelacht,
Im Herzen bleibst du immer bei mir,
nach dieser langen Nacht.

Die Gießhübler Föhre

Kinder, wir fahren in den Wienerwald,
auf den Gießhübel hinauf;
das wird bestimmt ein lustiger Tag,
seid fröhlich und freut euch darauf!
Zur Erinnerung soll ein Bäumlein uns mahnen
an diese glückliche Zeit,
im Herzen wollen wir Dank uns bewahren,
für das Gestern und auch das Heut'.
Viele Jahre sind vergangen seither,
das Bäumchen es wuchs empor,
die Kinder, sie leben nicht mehr bei mir,
ich kehr' Erinnerung vor:
die Wiese, den Wald, das Wirtshaus am Rain,
die Kinder voll Freud' und voll Glück,
doch heute bin ich sehr allein,
nur der Baum blieb bei mir zurück.

Mein alter Nußbaum

Nun steh' ich hier und sag' lebwohl,
du guter, alter Baum,
du warst ein Stück Geborgenheit
in meinem Lebensraum.
Schier 40 Jahre Saft und Kraft,
warst du ein Vorbild uns,
doch aus dem „uns" bin nur mehr „ich",
die andern verließen dich.
Ich zögerte lang', es war nicht leicht,
deine Rinde rissig, rauh,
strich ich mit meinen Fingern oft,
vor Tränen, ich kaum dich erschaut.
Vergib mir Baum, daß ich treulos bin,
wachse weiter in fremder Hut,
vielleicht darf icch manchmal sehen dich,
dann wäre alles wieder gut.